Alianza Cien
pone al alcance de todos
las mejores obras de la literatura
y el pensamiento universales
en condiciones óptimas de calidad y precio
e incita al lector
al conocimiento más completo de un autor,
invitándole a aprovechar
los escasos momentos de ocio
creados por las nuevas formas de vida.

Alianza Cien
es un reto y una ambiciosa iniciativa cultural

TEXTOS COMPLETOS

Hans Christian Andersen

Cuentos

Alianza Editorial

Diseño de cubierta: Ángel Uriarte
Traducción de Alberto Adell

Calle J. I. Luca de Tena, 15, 28027 Madrid; teléf. 741 66 00
ISBN: 84-206-4639-3
Depósito legal: M. 16.835-1994
Impreso en Impresos y Revistas, S. A.
Printed in Spain

La princesa y el guisante

Érase una vez un príncipe que quería casarse, pero tenía que ser con una princesa de verdad. Así es que dio la vuelta al mundo para encontrar una que lo fuera, pero aunque en todas partes encontró no pocas princesas, que lo fueran de verdad era imposible de saber, porque siempre había algo en ellas que no estaba bien. Así es que regresó muy desconsolado, tal era su deseo de casarse con una princesa auténtica.

Una noche estalló una tempestad horrible, con rayos y truenos y lluvia a cántaros —una noche de veras espantosa. De pronto golpearon a la puerta de la ciudad y el viejo rey fue a abrir.

Afuera había una princesa. Pero, Dios mío, ¡qué aspecto ofrecía con la lluvia y el mal tiempo! El agua le goteaba del pelo y de las ropas, le corría por la punta de los zapatos y le salía por el talón y, sin embargo, decía que era una princesa auténtica.

—Bueno, eso ya lo veremos —pensó la vieja reina, y sin decir palabra, fue a la alcoba, apartó toda la ropa de la cama y puso un guisante en el fondo. Después tomó veinte colchones, los colocó sobre el guisante y además veinte edredones sobre los colchones.

Allí dormiría la princesa aquella noche.

A la mañana siguiente le preguntaron qué tal había dormido.

—¡Oh, horriblemente mal! —dijo la princesa—. Apenas si he pegado los ojos en toda la noche. Sabe Dios lo que habría en la cama. He dormido sobre algo tan duro que tengo todo el cuerpo hecho un puro morado. ¡Ha sido horrible!

Así pudieron ver que era una princesa de verdad, porque a través de veinte colchones y de veinte edredones había notado el guisante. Sólo una princesa auténtica podía haber tenido una piel tan delicada.

El príncipe la tomó por esposa porque ahora pudo estar seguro de que se casaba con una princesa auténtica, y el guisante entró a formar parte de las joyas de la corona, donde todavía puede verse, a no ser que alguien lo haya tomado.

—¡Como veréis, ésta sí que fue una historia auténtica!

(Prindsessen paa aerten)

El traje nuevo del emperador

Hace muchos años vivía un emperador que de tal modo se perecía por los trajes nuevos y elegantes que gastaba todo su dinero en adornarse. No se interesaba por sus tropas, ni le atraían las comedias, ni pasear en coche por el bosque, como no fuese para lucir sus nuevos trajes. Poseía un vestido para cada hora del día y de la misma forma que se dice de un rey que se encuentra en Consejo, de él se decía siempre:

—¡El emperador está en el ropero!

La gran ciudad en que vivía estaba llena de entretenimientos y era visitada a diario por muchos forasteros. Un día llegaron dos pícaros pretendiendo ser tejedores; decían que eran capaces de tejer las telas más espléndidas que pudiera imaginarse. No sólo los colores y los dibujos eran de una insólita belleza, sino que los trajes confeccionados con aquella tela poseían la maravillosa propiedad de convertirse en invisibles para todos aquellos que no fuesen merecedores de su cargo o que fueran sobremanera tontos.

—Preciosos trajes; sin duda —pensó el emperador— si los llevase, podría descubrir los que en mi reino son indignos del cargo que desempeñan, y distinguir a los listos de los tontos. Sí, debo encargar inmediatamente que me hagan un traje —y entregó mucho dinero a los dos estafadores para que comenzasen su trabajo.

Instalaron dos telares y fingieron trabajar en ellos, aunque estaban absolutamente vacíos. Con toda urgencia exigieron la mejor seda y el hilo de oro más espléndido. Lo guardaron en su equipaje y trabajaron con los telares vacíos hasta muy entrada la noche.

—Cuánto me gustaría saber lo que han adelantado con la tela —pensaba el emperador, pero se encontraba un poco confuso en su interior al pensar que el que fuese tonto o indigno de su cargo no lo podría ver. No es que tuviera dudas sobre sí mismo, pero quería enviar primero a algún otro para ver cómo andaban las cosas. Todos sabían en la ciudad qué maravillosa propiedad tenía la tela y todos estaban deseosos de ver lo inútil o tonto que era su vecino.

—Enviaré a mi viejo y honesto ministro a visitar a los tejedores —pensó el emperador—. Es quien mejor puede ver si el trabajo progresa, porque tiene buen juicio y nadie desempeña su puesto mejor que él.

Entonces el viejo y buenazo ministro fue al taller en que los dos pícaros estaban sentados trabajando con los telares vacíos.

—¡Dios me guarde! —pensó el viejo ministro, abriendo los ojos desmesuradamente—. ¡Si no veo nada! —pero tuvo buen cuidado en no decirlo.

Los estafadores rogaron que se acercase y le preguntaron si no era un bello dibujo y un color precioso. Al decirlo, señalaban el telar vacío y el pobre ministro no hacía más que abrir los ojos, sin poder ver nada, porque nada había.

—Dios mío —pensó—. ¿Si seré tonto? Nunca lo hubiera dicho y es preciso que nadie lo sepa. ¿Seré incapaz de mi cargo? No debo decir a nadie que no veo la tela.

—¡Bueno, no decís nada de la tela! —dijo uno de los tejedores.

—¡Oh, es preciosa, una verdadera preciosidad! —dijo el viejo ministro mirando a través de sus gafas—. ¡Qué dibujos y qué colores! Sí, le diré al emperador lo mucho que me gusta.

—Cuánto nos complace —dijeron los tejedores, que detallaron por su nombre los colores y el especial dibujo. El viejo ministro los escuchó con toda atención, para repetírselo al emperador, como así hizo.

Los estafadores volvieron a pedir más dinero, más seda y más oro, para utilizarlos en el tejido. Lo almacenaron todo en sus bolsillos, al telar no fue ni una hebra, pero ellos continuaron, como antes, trabajando en el telar vacío.

El emperador volvió a enviar enseguida a otro buenazo de funcionario para ver cómo iba el tejido y si el traje iba a estar listo pronto. Le ocurrió como al ministro, que miró y remiró, pero como no había nada en el telar nada pudo ver.

—Precioso tejido, ¿no es cierto? —dijeron los estafadores, y mostraron y explicaron el precioso dibujo que no existía.

—Yo no soy tonto —pensó el funcionario—, luego, ¿será mi alto cargo el que no me merezco? ¡Qué cosa más extraña! Pero nadie debe darse cuenta de ello.

Así es que elogió la tela que no veía y les expresó su satisfacción por los bellos colores y el precioso dibujo.

—Es, en efecto, soberbia —dijo al emperador.

Todos hablaban en la ciudad de la espléndida tela. Y el mismo emperador quiso verla, cuando estaba aún en el telar.

Rodeado de un montón de cortesanos distinguidos, entre los que figuraban los dos viejos y buenazos funcionarios que habían ido antes, fue a visitar a la pareja de astutos embaucadores, que seguían tejiendo afanosamente, pero sin hebra de hilo.

—¿No es magnífica? —dijeron los dos buenos funcionarios—. ¡Vea, vea Vuestra Majestad, qué dibujos, qué colores! —mientras señalaban el telar vacío, ya que creían que los otros veían perfectamente la tela.

—¿Qué es esto? —pensó el emperador—. ¡No veo nada! ¡Qué horror! ¿Seré tonto? ¿O es que no mereceré ser emperador? ¡Es lo último que podía ocurrirme!

—¡Oh, es bellísima! —dijo en alta voz—. Tiene todo mi real agrado —y cabeceó complacido contemplando el telar vacío, sin decir palabra de que no veía nada.

Todo el séquito miraba y remiraba, sin conseguir ver más que los otros, pero dijeron, como el emperador:

—¡Oh, es bellísima! —y le aconsejaron que se hiciese un traje de aquella tela nueva y maravi-

llosa, para la gran procesión que iba a celebrar-
se pronto.

—Es magnífica, admirable, excelente —corría de boca en boca y todos estaban entusiasma-
dos. El emperador concedió a ambos estafadores
una Cruz de Caballero para que la ostentaran en
el ojal y el título de Caballero Tejedor.

La noche entera de la víspera de la procesión
la pasaron los pícaros en pie, con más de dieci-
séis velas encendidas. La gente pudo ver cómo se
afanaban para conseguir que estuviera listo el
nuevo traje del emperador. Simularon tomar la
tela del telar, cortaron el aire con grandes tijeras
y cosieron con agujas sin hilo, hasta gritar al fin:

—¡Mirad, el traje está listo!

El propio emperador, con sus caballeros más
distinguidos, acudió al taller y los estafadores levantaron el brazo, como si sostuviese algo, y dijeron:

—¡He aquí los pantalones! ¡El vestido! ¡La
capa! —y así lo demás—. ¡Es tan ligero como
una tela de araña! Se diría que no se llevaba
nada en el cuerpo y esto es precisamente su vir-
tud.

—En efecto —dijeron todos los caballeros,
sin ver nada, porque nada había.

—¿Tendrá Vuestra Majestad Imperial la

suma bondad de desnudarse —dijeron los pícaros— para que le probemos los nuevos vestidos ante el gran espejo?

El emperador se despojó de todas sus ropas y los pícaros simularon entregarle las nuevas que pretendían haber cosido e hicieron como si le atasen algo a la cintura: era la cola. El emperador se volvía y se contoneaba delante del espejo.

—¡Dios, qué traje más espléndido! ¡Qué bien le sienta! —exclamaron todos—. ¡Qué dibujos! ¡Qué colores! ¡Es un traje precioso!

—Afuera esperan a Vuestra Majestad con el palio para la procesión —anunció el maestro de ceremonias.

—¡Sí, estoy listo! —dijo el Emperador—. ¿Verdad que me sienta bien? —y de nuevo se miró al espejo, haciendo como si contemplase sus galas.

Los chambelanes que debían llevar la cola, palparon el suelo como si la tomasen y la levantasen y siguieron con las manos en alto, para que no creyeran que no veían nada.

Y así marchó el emperador en la procesión, bajo el espléndido palio, y todas las gentes en la calle y en las ventanas dijeron:

—¡Dios, qué magnífico es el nuevo traje del emperador! ¡Qué espléndida cola! ¡Qué bien le sienta! —nadie quería que se pensase que no veía nada, porque eso hubiera significado que era indigno de su cargo o tonto de remate. Ningún traje del emperador había tenido tanto éxito.

—¡Pero si no lleva nada! —dijo un niño.

—¡Dios mío, oíd la voz de la inocencia! —dijo su padre, y unos a otros cuchicheaban lo que el niño había dicho.

—¡Pero si no lleva nada puesto, dice un niño que no lleva nada puesto!

—¡No lleva traje! —gritó al fin todo el pueblo.

Y el emperador se sintió inquieto, porque pensó que tenían razón, pero se dijo:

—Debo seguir en la procesión.

Y se irguió con mayor arrogancia y los chambelanes le siguieron portando la cola que no existía.

(Keiserens nye Klæder)

El porquerizo

Érase una vez un príncipe pobre; tenía un reino que era muy pequeño, aunque lo suficiente como para permitirle casarse, y casarse era lo que el príncipe quería.

Así y todo, era preciso tener valor para decir a la hija del emperador: «¿Te quieres casar conmigo?» Pero vaya si se atrevió, porque su nombre era conocido en todas partes; había cientos de princesas que le hubieran dicho sí, pero veréis lo que hizo ella.

Ahora escuchemos con atención.

Junto a la tumba del padre del príncipe crecía un rosal, ¡oh, el más bello de los rosales! Sólo florecía de cinco en cinco años y entonces daba tan sólo una flor, pero era una rosa de olor tan delicioso que al olerla se olvidaban todas las penas y tristezas; y el príncipe tenía también un ruiseñor que cantaba como si guardase las melodías más encantadoras en su pequeña garganta. Decidió regalar a la princesa la rosa y el ruiseñor, por lo que los colocaron en grandes cofres de plata y se los enviaron.

El emperador ordenó que se los llevasen al gran salón, donde estaba la princesa jugando a las visitas con sus damas de compañía. Era lo único que hacían y cuando vio los grandes cofres con los regalos, palmoteó de alegría.

—¡Ojalá sea un gatito! —dijo la princesa, pero salió la magnífica rosa.

—¡Oh, qué preciosidad de trabajo! —dijeron todas las damas de compañía.

—Es más que preciosa —dijo el emperador—. ¡Es hermosa!

Pero la princesa la tocó y estuvo a punto de echarse a llorar.

—¡Huy, qué horror, papá! —dijo—. ¡Si no es artificial, si es verdadera!

—¡Qué horror! —dijo la corte en pleno—. ¡Si es de verdad!

—Antes de enojarnos, veamos primero qué hay en el otro cofre —opinó el emperador. Y entonces salió el ruiseñor. Cantó tan maravillosamente que al momento nadie pudo decir nada malo de él.

—¡*Superbe*! ¡*Charmant*! —dijeron las damas de la corte, porque todas hablaban francés, cada una peor que la otra.

—¡Cómo me recuerda la caja de música de Su Majestad la Emperatriz! —dijo un viejo cortesano—. ¡Ay, sí, es casi el mismo tono, la misma ejecución!

—¡Cierto! —dijo el emperador, y lloró como un chiquillo.

—Sin embargo, no puedo creer que sea auténtico —dijo la princesa.

—¡Oh, sí, es un pájaro de verdad! —dijeron los que lo habían traído.

—Pues a volar el pájaro —dijo la princesa, y se negó a recibir al príncipe.

Pero él no se desalentó. Se pintó de negro la cara, se echó la gorra sobre los ojos y llamó a la puerta.

—¡Buenos días, emperador! —dijo—. ¿No puedo entrar a trabajar en el castillo?

—¡Uf, son tantos los que vienen a pedir eso! —dijo el emperador—. Pero, vamos a ver, necesito alguien que me cuide los cerdos, tantos tenemos.

Y de esta forma fue nombrado el príncipe porquerizo imperial. Le dieron un cuartucho junto a las pocilgas como habitación. Pero el día entero se lo pasó sentado trabajando y al llegar la noche había hecho un gracioso pucherito con cascabeles alrededor que, en cuanto el puchero cocía, sonaban deliciosamente y tocaban la vieja tonada:

> ¡Ay, Agustín del alma mía,
> Todo está perdido, ido, ido, ido!

Pero lo más chusco era que cuando se ponía el dedo en el humo de la olla, se podía oler inmediatamente qué comida se cocía en cada fogón de la ciudad. Como veréis, esto era algo muy diferente a una rosa.

Sucedió que la princesa salió a pasear con todas sus damas y cuando oyó la canción, se detuvo, y escuchó complacida, pues también ella sabía tocar «Ay, Agustín del alma mía». Era la única que sabía y la tocaba con un dedo solo.

—Es mi canción —dijo—. Debe ser un porquerizo ilustrado. Escuchad, id y preguntadle cuánto pide por el instrumento.

Y así tuvo que ir corriendo una de las damas de la corte, pero después de calzarse los zuecos.

—¿Cuánto quieres por la olla? —preguntó la camarera.

—Quiero diez besos de la princesa —dijo el porquerizo.

—¡Dios me guarde! —dijo la dama.

—¡Sí, no puede ser menos! —dijo el porquerizo.

—Bueno, ¿qué dice? —preguntó la princesa.

—La verdad es que no puedo decirlo —dijo la dama de palacio—. ¡Es tan horrible!

—¡Dímelo al oído! —y al oído se lo dijo.

—¡Qué grosero! —dijo la princesa y siguió adelante.

Pero cuando había ido un corto trecho volvieron a resonar los cascabeles tan deliciosamente:

¡Ay, Agustín del alma mía,
Todo está perdido, ido, ido, ido!

—Oíd —dijo la princesa—. Preguntadle si se conforma con diez besos de mis camareras.

—No, gracias —dijo el porquerizo—. Diez besos de la princesa o no suelto la olla.

—¡Qué pesado! —dijo la princesa—. Pero poneros delante de mí, para que nadie lo vea.

Y las damas de la corte se colocaron ante ella y extendieron sus faldas y así consiguió el porquerizo los diez besos y ella el puchero.

¡Aquello sí que fue divertido! Noche y día se las pasaba hirviendo la olla. No había una cocina en toda la ciudad de la que no supiesen lo que se cocía, ya fuera la de un caballero de la corte, ya la de un zapatero. Las damas de la corte bailaban y aplaudían.

—¡Sabemos quién va a tener sopas de leche y tortillas! ¡Sabemos quién va a tener gachas y croquetas! ¡Qué interesante!

—Interesante en extremo —opinó la camarera mayor.

—Chitón, ni una palabra a nadie, porque soy la hija del emperador.

—¡Dios nos libre! —decían todas.

El porquerizo —es decir, el príncipe, al que los otros tenían por un porquerizo auténtico— no pudo dejar pasar el día sin hacer algo, y así construyó una carraca. Cuando se la hacía girar, tocaba todos los valses, galopas y polcas conocidos desde la creación del mundo.

—¡Pero esto es magnífico! —dijo la princesa, al pasar por allí—. No he oído nunca nada más delicioso. ¡Escuchad! Id y preguntadle por cuánto da el instrumento. ¡Pero no más besos!

—Quiere cien besos de la princesa —dijo la dama de la corte que había ido a preguntar.

—¡Está loco! —dijo la princesa y siguió adelante—. Pero no había dado más que unos pasos, cuando se paró:

—Hay que fomentar el arte —dijo—. Soy la hija del emperador. Decidle que tendrá diez besos como ayer, el resto se los pueden dar mis damas.

—Pero nosotras no queremos dárselos —dijeron las damas de la corte.

—¡Tonterías! —dijo la princesa—. Si yo le beso, bien podéis besarle vosotras también. ¡Recordad que os doy sueldo y comida!

Y así es que la camarera tuvo que ir de nuevo a verle.

—Cien besos de la princesa —contestó él—, o cada uno sigue como está.

—¡Poneros delante! —dijo la princesa.

Y así se pusieron todas las damas de la corte delante y comenzó a besarle.

—¿Qué ocurrirá en la pocilga para tal alboroto? —dijo el emperador, que había salido al balcón—. Se frotó los ojos y se puso las gafas.

—Son las damas de la corte, que andan de juego. Mejor será que baje.

Y se terminó de calzar las zapatillas, porque había salido en chanclas.

¡Demonio, cómo corría!

En cuanto bajó al patio, fue muy despacito y

como las damas de la corte estaban tan atareadas contando los besos para que fuese la cantidad exacta y no más de lo debido, pero tampoco menos, no se dieron cuenta del emperador, que miró de puntillas.

—¡Qué es esto! —dijo, cuando vio a los que se besaban, dándoles en la cabeza con su zapatilla, justo cuando el porquerizo estaba recibiendo el octogésimo sexto beso.

—¡Fuera! —gritó el emperador, que estaba furioso. Y tanto la princesa como el porquerizo fueron expulsados de su imperio.

Allá estaba ella, llorando, el porquerizo rezongaba y la lluvia caía sobre ellos.

—¡Ay, pobre de mí! —dijo la princesa—. ¡Si hubiera aceptado al encantador príncipe! ¡Ay, qué desgraciada soy!

Y el porquerizo fue detrás de un árbol, se limpió lo negro del rostro, se quitó las ropas sucias y salió con sus ropas de príncipe, tan espléndido que la princesa no pudo menos de hacerle una cortesía.

—He venido a despreciarte —le dijo—. No te has querido casar con un príncipe auténtico. ¡No supiste apreciar la rosa ni el ruiseñor, pero fuiste capaz de besar al porquerizo por un juguete mecánico! ¡Que te aproveche!

Y se marchó a su reino, cerró la puerta y echó
el cerrojo, aunque pudiera salir cuantas veces
quisiera y cantar:

> ¡Ay, Agustín del alma mía.
> Todo está perdido, ido, ido, ido!

(Svinedrengen)

Los zapatos rojos

Érase una muchachita muy linda y graciosa en extremo, pero tan pobre, que en verano tenía siempre que ir descalza y en invierno con grandes zuecos, lo que lastimaba horriblemente sus piececitos y los dejaba enrojecidos.

En medio de la aldea vivía la vieja zapatera; se sentaba a coser lo mejor que sabía un par de zapatitos de tiras de un viejo trapo rojo. Eran bastante toscos, pero la zapatera los hacía con el mejor fin, para dárselos a la muchachita. La muchachita se llamaba Karen.

Tuvo los zapatos rojos y los estrenó precisamente el día que enterraron a su madre. No eran lo que se dice una prenda de luto, pero no tenía otros. Así es que se los puso en los pies desnudos, para seguir al pobre ataúd de paja.

Acertó en aquel momento a pasar un enorme

y viejo carruaje en el que iba una enorme y vieja señora. Vio a la muchachita y le dio pena, por lo que dijo al sacerdote:

—Oiga, si me entrega la niña, me encargaré de ella.

Y Karen pensó que todo era debido a los zapatos rojos, pero la señora dijo que eran horrorosos y los mandó quemar. Karen tuvo vestidos limpios y bonitos, aprendió a leer y a coser y la gente dijo que era encantadora, pero el espejo le decía:

—Eres más que encantadora. ¡Eres preciosa!

Ocurrió que una vez la reina recorrió el país y llevó con ella a la princesa, su hija. El pueblo se aglomeró ante el castillo y allí estaba también Karen y la princesita se asomó a una ventana con su vestido blanco. No llevaba cola ni corona, sino preciosos zapatos rojos de tafilete. Eran de verdad mucho más bonitos que los que la vieja zapatera había cosido para la pequeña Karen. ¡Nada en el mundo podía compararse con unos zapatos rojos!

Karen llegó a la edad de ser confirmada. Tuvo nuevos trajes, así como nuevos zapatos. El zapatero más caro de la ciudad tomó la medida de sus piececitos. Trabajaba en su propia casa, en la que había grandes vitrinas con elegantes zapatos y relucientes botas. Constituían un espléndido espectáculo, pero la vieja señora no veía bien, por lo que no le divirtió gran cosa. Entre los zapatos había un par rojo, semejantes a los de la princesa; ¡qué bellos eran! El zapatero también dijo que habían sido encargados para la hija de un conde, pero no le habían sentado.

—No hay duda de que son de charol —dijo la señora—. ¡Cómo brillan!

—¡Sí que brillan! —dijo Karen.

Le sentaban bien y los compraron; pero la vieja señora no se había dado cuenta de que eran rojos, porque nunca le hubiera permitido a Karen ir a la confirmación con zapatos rojos, pero esto es lo que ocurrió.

Todos le miraban los pies y cuando pasó por la nave hasta el antealtar, pensó que incluso los viejos cuadros sobre las tumbas, los retratos de clérigos y sus esposas, con rígidos cuellos y largas hopalandas negras, fijaban los ojos en sus zapatos rojos. Y sólo en ellos pensaba cuando el sacerdote le colocó su mano en la cabeza y habló sobre el santo bautizo, del pacto con el Señor y de que ahora debía convertirse en una cristiana entera y verdadera. Y el órgano sonó con toda solemnidad, sonaron las bellas voces de los niños y cantó el viejo cantante, pero Karen sólo pensaba en los zapatos rojos.

Por la tarde no hubo quien no le hubiera contado a la señora que los zapatos eran rojos y ella dijo que estaba muy mal, que era altamente impropio y que, a partir de entonces, cuantas veces fuera Karen a la iglesia, debería ir siempre con zapatos negros, por viejos que fuesen.

El próximo domingo había comunión y Karen miró los zapatos negros, miró los rojos —y volvió a mirar los rojos y se los puso.

Hacía un sol espléndido. Karen y la señora tomaron el sendero a través de los trigales, donde había un poco de polvo.

A la puerta de la iglesia se encontraba un viejo soldado con una muleta y una barba asombrosamente larga, más roja que blanca, porque la verdad es que era roja. Hizo una profunda reverencia y preguntó a la señora si le limpiaba los zapatos. Y Karen sacó también su piececito.

—¡Qué preciosos zapatos de baile! —dijo el soldado—. ¡Agarraos bien cuando bailéis! —y dio un golpe a las suelas con la mano.

Y la vieja señora dio al soldado unos céntimos y entró con Karen en la iglesia.

Y todos los que estaban en ella se quedaron mirando los zapatos rojos de Karen y todas las pinturas hicieron lo mismo y cuando Karen se arrodilló ante el altar y colocó el cáliz de oro ante su boca, sólo pensaba en los zapatos rojos, como si estuviesen nadando en el cáliz ante ella; y olvidó cantar su himno, olvidó decir su padrenuestro.

Después salieron todos de la iglesia y la señora subió a su carruaje. Al levantar Karen el pie para subir tras ella, el viejo soldado, que estaba al lado, dijo:

—¡Qué preciosos zapatos de baile!

Y Karen no pudo impedir el dar unos pasos de baile y cuando empezó, las piernas siguieron bailando, era como si los zapatos hubieran tenido poder sobre ellas. Bailó en torno a la esquina de la iglesia sin poderlo remediar. El cochero tuvo que correr tras ella y, echándole mano, la subió al coche, pero los pies siguieron bailando, de forma que la pobre anciana recibió furiosas patadas. Al fin se quitó los zapatos y las piernas se apaciguaron.

Guardaron los zapatos en lo alto de un armario de la casa, pero Karen no podía resistirse a echarles un vistazo.

Un día, la señora cayó enferma, decían que no podía vivir; había que cuidarla y atenderla y nadie tenía más próximo que Karen. Pero se celebraba un gran baile en la ciudad, Karen estaba invitada —miró a la señora, que después de todo no podía vivir, miró a los zapatos rojos, y pensó que ningún mal había en ello; se puso los zapatos rojos, lo cual era perfectamente lícito—; se fue al baile y comenzó a bailar.

Pero cuando quiso ir a la derecha, los zapatos fueron bailando hacia la izquierda y cuando quiso ir al fondo de la sala, los zapatos la llevaron a la entrada, escaleras abajo, por la calle y fuera de la puerta de la ciudad. Iba a bailar y tenía que bailar, hasta lo profundo del bosque sombrío.

Algo brillaba en lo alto entre los árboles, y como parecía un rostro, creyó que era la luna. Pero era el viejo soldado con la barba roja; estaba sentado, cabeceaba y decía:

—¡Mira qué preciosos zapatos de baile!

Entonces se asustó y quiso arrancarse los zapatos rojos, pero estaban firmemente agarrados, y se arrancó las medias, pero los zapatos se habían hecho unos con sus pies e iba a bailar y tenía que bailar por campo y pradera, a la lluvia y al sol, de noche y de día, pero de noche era peor.

Bailó en el cementerio, al aire libre, pero los muertos allí no bailaban, tenían algo mucho mejor que hacer. Hubiera querido sentarse junto a la fosa común, donde crece la manzanilla amarga, pero para ella no había paz ni reposo y cuando entró bailando por la puerta abierta de la iglesia, vio un ángel de larga túnica blanca, con alas que de los hombros le llegaban a la tierra, el rostro duro y serio y en la mano empuñaba una espada, muy ancha y resplandeciente:

—¡Tienes que bailar! —dijo—. ¡Baila con tus zapatos rojos hasta que quedes pálida y fría! Hasta que tu piel se arrugue como la de un esqueleto. Bailarás de puerta en puerta y donde vivan niños llenos de orgullo y vanidad, llamarás, para que te oigan y se asusten. ¡Baila, baila!

—¡Piedad! —gritó Karen.

Pero no oyó la respuesta del ángel, porque los zapatos la habían arrastrado por la verja al campo, por caminos y sendas, baila que te bailarás.

Una madrugada pasó bailando por delante de una puerta que conocía bien. El sonido de un himno llegaba de su interior, sacaban un ataúd adornado de flores. Entonces comprendió que la señora había muerto y pensó que ahora se encontraba abandonada por todos y maldita del ángel de Dios.

Baila que te baila, bailaba en la noche oscura. Los zapatos la arrastraban sobre espinos y rastrojos, que la arañaban hasta sangrar. Fue bailando, más allá del brezal, hasta una casita solitaria. Ella sabía que allí vivía el verdugo y golpeó con los dedos en el vidrio y dijo:

—¡Sal! ¡Sal! No puedo entrar porque estoy bailando.

Y el verdugo dijo:

—¿Es que no sabes quién soy? Les corto las cabezas a los malos y ahora veo que mi hacha se estremece.

—¡No me cortes la cabeza —dijo Karen—, porque entonces no podré arrepentirme de mi pecado! Pero córtame los pies con los zapatos rojos.

Y así confesó todo su pecado y el verdugo le cortó los pies con los zapatos rojos; pero los zapatos se fueron bailando con los piececitos dentro, por los campos hasta el hondo bosque.

Y le hizo unas piernas de palo y unas muletas, le enseñó un himno que los pecadores siempre cantan y ella besó la mano que había empuñado el hacha y marchó por el brezal.

—Ahora ya he sufrido de sobra por los zapatos rojos —se dijo—. Iré a la iglesia, para que me vean.

Y marchó decididamente a la puerta de la iglesia, pero cuando llegó allí, los zapatos rojos bailaban ante ella, y se asustó y se volvió.

Durante toda la semana estuvo muy desconsolada y lloró muchas y gruesas lágrimas, pero al llegar el domingo, dijo:

—¡Ya está bien! ¡Ya he sufrido y peleado bastante! Creo que soy tan buena como muchos de los que se sientan muy estirados en la iglesia.

Y se decidió a ir. Pero no había pasado del portillo cuando vio delante de ella bailar los zapatos rojos y se asustó y se volvió y en lo hondo de su corazón se arrepintió de su pecado.

Y fue a la casa del párroco y rogó si la podían tomar allí como criada: sería diligente y haría cuanto pudiera, del salario no se cuidaba, sólo de tener un techo sobre la cabeza y estar en casa de gente honrada. Y la esposa del pastor se apiadó de ella y la tomó. Y ella era aplicada y sensata. Se sentaba en silencio a escuchar cuando por las noches el párroco leía la Biblia en voz alta. Todos los pequeños la querían, pero cuando hablaban de adornos y de pompas y de ser tan hermosa como una reina, ella negaba con la cabeza.

Al domingo siguiente fueron todos a la iglesia, y le preguntaron si iba con ellos, pero ella miró tristemente, con lágrimas en los ojos, a sus muletas y así se fueron los otros a oír la palabra de Dios, y ella se retiró sola a su cuartito. No era mayor que lo necesario para que cupiese una cama y una silla y en ella se sentó con su libro de himnos. Mientras lo leía con piadoso espíritu, el viento trajo hasta ella los sonidos del órgano de la iglesia. Levantó su rostro cubierto de lágrimas y dijo:

—¡Oh, Señor, ayúdame!

Entonces resplandeció el sol y ante ella se alzó el ángel del Señor, de blanca túnica, el mismo que aquella noche había visto a la puerta de la iglesia, pero ya no empuñaba la afilada espada, sino una fragante rama verde, cuajada de rosas. Tocó con ella el techo, que se elevó muchísimo, y allí donde había tocado, resplandeció una estrella de oro. Y tocó las paredes, que se abrieron, y vio el órgano que estaba tocando, vio los viejos retratos de los clérigos y sus esposas; la congregación sentada en bancos esculpidos, cantando el libro de himnos. Porque la iglesia misma se había trasladado a la pobre muchacha en su estrecho cuartito, o quizá era ella la que había ido a la iglesia. Estaba sentada en el banco de la familia del párroco y cuando hubieron acabado el himno y levantaron la cabeza, asintieron y dijeron:

—Hiciste bien en venir, Karen.

—Fue la bondad del Señor —dijo ella.

Y retumbó el órgano, y las voces de los niños en el coro sonaron llenas de dulzura y de encanto. El sol caía, brillante y tibio, a través de las ventanas sobre el banco de la iglesia en el que se sentaba Karen. Su corazón se llenó de tal modo de sol, de paz y de alegría, que estalló. Su alma voló por los rayos del sol hasta Dios, donde no había nadie que preguntase por los zapatos rojos.

(De røde skoe)

El ruiseñor

Como sabes, el Emperador de China es chino y chinos son todos sus súbditos. De esto hace muchos años, pero justo por ello merece escucharse la historia antes de que se olvide.

El palacio del Emperador era el más espléndido del mundo, todo él de la porcelana más fina, tan preciosa pero tan frágil y tan difícil de tocarse, que toda precaución era poca. En el jardín se veían las flores más espléndidas y las más extraordinarias tenían atadas campanillas de plata que tintineaban para que no se pasase ante ellas sin observarlas. Sí, todo era sumamente ingenioso en el jardín del Emperador y se extendía tanto que el mismo jardinero desconocía su final. Caso de alcanzarlo, se llegaba al bosque más encantador con altos árboles y lagos profundos. El bosque descendía hasta el mar, que era azul y hondo. Grandes navíos podían navegar bajo las ramas y en éstas vivía un ruiseñor que cantaba que era una bendición e incluso el pobre pescador, que tantos quebraderos de cabeza tenía, se paraba a escuchar cuando salía por la noche a recoger las redes y oía al ruiseñor.

—¡Dios mío, qué hermosura de canto! —decía, pero tenía que atender a sus faenas y olvidaba al pájaro. Pero la siguiente noche, cuando cantaba de nuevo y el pescador había salido, repetía:

—¡Dios mío, qué hermosura!

De todos los países del mundo venían viajeros a la capital del Emperador, la que admiraban tanto como el palacio y el jardín, pero cuando oían al ruiseñor, todos decían:

—¡Pero esto es lo mejor!

Y los viajeros lo contaban a su regreso y los sabios escribieron muchos libros sobre la ciudad, el palacio y el jardín, pero no olvidaban al ruiseñor, que era considerado lo más importante; y los poetas escribieron los poemas más inspirados sobre el ruiseñor en el bosque junto al hondo mar.

Los libros dieron la vuelta al mundo y algunos llegaron también al Emperador. Sentado en su trono de oro leía y leía y a cada instante movía la cabeza afirmativamente, porque le complacía leer las espléndidas descripciones de la ciudad, el palacio y el jardín. «Pero el ruiseñor, sin embargo, es lo mejor», se leía allí.

—¿Qué es esto? —gritó el Emperador—. ¿El ruiseñor? ¡No sé una palabra de él! Hay un pájaro semejante en mi Imperio, y lo que es más, en mi jardín, del que jamás he oído. ¡Y tengo que enterarme leyéndolo en un libro!

Y entonces llamó a su camarero mayor, que era tan distinguido que cuando alguien inferior a él se atrevía a hablarle o a preguntarle algo, no contestaba más que:

—¡P! —que no significaba nada.

—¡Tenemos un pájaro extraordinario llamado ruiseñor! —dijo el Emperador—. Dicen que es lo mejor que existe en todo mi reino. ¿Por qué no se me ha dicho nunca nada de él?

—Jamás he oído ese nombre —dijo el camarero mayor—. Nunca ha sido presentado a la Corte.

—Ordeno que venga aquí esta noche y cante para mí —dijo el Emperador—. ¡El mundo entero conoce lo que tengo, menos yo!

—Jamás he oído ese nombre —dijo el camarero mayor—. ¡Lo buscaré y lo encontraré!

¿Pero dónde? El camarero mayor subió y

bajó todas las escaleras, atravesó salas y pasillos. Nadie de los que en ellos se tropezó había oído del ruiseñor y el camarero mayor acudió de nuevo al Emperador y dijo que probablemente era una fábula de los que escriben libros.

—Vuestra Majestad Imperial no debe creer todo lo que se escribe. Son invenciones y algo que llaman magia negra.

—Pero el libro donde lo he leído —dijo el Emperador— me lo ha enviado el poderoso Emperador del Japón y por lo tanto no puede contener falsedades. ¡Quiero oír al ruiseñor! ¡Tiene que estar aquí esta noche! Es mi imperial deseo. ¡Y si no aparece, toda la Corte recibirá patadas en la barriga después de cenar!

—¡Tsing-Pe! —dijo el camarero mayor y se fue corriendo arriba y abajo por todas las escaleras, por todas las salas y pasillos, y media Corte corrió con él, porque la idea de los golpes en la barriga no les apetecía nada. Todos preguntaban por el extraordinario ruiseñor, conocido en el mundo entero, pero que nadie conocía en la Corte.

Al final dieron con una pobre moza de cocina, que dijo:

—¡Dios mío, el ruiseñor! Pues claro que lo conozco. ¡Sí, cómo canta! Todas las noches tengo licencia para llevar a casa unas pocas sobras de la mesa a mi pobre madre enferma, que vive cerca de la playa; y al regresar estoy tan cansada que me tiendo a descansar en el bosque. Entonces oigo al ruiseñor. Se me llenan los ojos de lágrimas, como si me besase mi madre.

—Pequeña —dijo el camarero mayor—, te conseguiré un empleo fijo en la cocina y permiso para ver comer al Emperador si nos llevas al ruiseñor, porque está citado para esta noche.

Y marcharon al bosque donde el ruiseñor solía cantar; media Corte estaba presente. No hicieron más que llegar, cuando comenzó a mugir una vaca.

—¡Oh! —dijo un gentilhombre—, ¡ya lo tenemos! ¡Pero qué potencia más extraordinaria para un animal tan pequeño! Estoy seguro de haberlo oído antes.

—¡No, es la vaca que muge! —dijo la pequeña pincha—. Todavía nos falta para llegar al sitio.

Las ranas croaron entonces en el pantano.

—¡Delicioso! —dijo el capellán imperial chino—. Ya lo oigo. Suena como campanillas de iglesia.

—¡Quiá, si son las ranas! —dijo la moza—. Pero creo que pronto lo oiremos.

Entonces comenzó el ruiseñor a cantar.

—¡Ése es! —dijo la muchachita—. ¡Oigan, oigan! Está posado allí —y señaló a un pajarito gris en lo alto de las ramas.

—¿Es posible? —dijo el camarero mayor—. Nunca lo hubiera imaginado así. ¡Qué aspecto más sencillo! Sin duda ha perdido el color al ver tantos personajes distinguidos como han venido a verlo.

—¡Ruiseñorcito! —dijo a gritos la pequeña—, ¡nuestro gracioso Emperador desea que cantes para él!

—¡Con mil amores! —dijo el ruiseñor y lo dijo cantando que era un gozo.

—¡Parecen campanas de cristal! —dijo el camarero mayor—. ¡Cómo funciona su pequeña garganta! Es incomprensible que nunca lo hayamos oído. Será un gran éxito en la Corte.

—¿Tengo que cantar de nuevo para el Emperador? —dijo el ruiseñor, que creía que el Emperador estaba presente.

—¡Mi fabuloso, pequeño ruiseñor! —dijo el camarero mayor—, tengo el grato honor de convocaros a una fiesta de la Corte esta noche, en la que tendréis ocasión de fascinar a Su Majestad Imperial con vuestro delicioso canto.

—Suena mejor al aire libre —dijo el ruiseñor.

Pero los acompañó de buen grado en cuanto oyó que se trataba de un deseo del Emperador.

En palacio habían sacado brillo a todo. Paredes y suelo que eran de porcelana, relucían a la luz de miles de lámparas de oro. Las flores más deliciosas, dispuestas con sus campanillas, habían sido colocadas en los pasillos. Había tales carreras y corrientes de aire, que todas las campanillas resonaban y no podía oírse el rumor de la concurrencia.

En el centro del gran salón en el que se sentaba el Emperador había una alcándara de oro para el ruiseñor. La Corte entera estaba presente y la moza había obtenido permiso para permanecer detrás de una puerta, pues ya tenía derecho a ser considerada como una verdadera cocinera. Todos llevaban sus mejores galas y todos miraban al pajarito gris al que el Emperador hizo con la cabeza la señal de comenzar.

Y el ruiseñor cantó tan deliciosamente que al Emperador le asomaron las lágrimas a los ojos y entonces el ruiseñor cantó aún con mayor belleza, de forma que llegaba derecho al corazón. Y al Emperador le complació tanto que dijo que el ruiseñor debía llevar al cuello su babucha de oro. Pero el ruiseñor dijo que muchas gracias, que ya había sido recompensado con creces.

—El haber visto las lágrimas en los ojos del Emperador es para mí el más rico tesoro. Las lágrimas de un Emperador tienen un poder mágico. Bien sabe Dios que he sido recompensado de sobra —y entonces cantó de nuevo con voz tan dulce que era una bendición.

—¡Es lo más divino que he oído en mi vida! —dijeron todas las damas y tomaban un buche de agua para hacer glu-glu cuando alguien les hablaba, porque de esta forma creían dárselas de ruiseñores. Sí, los lacayos y las camareras hicieron saber que también ellos se encontraban satisfechos y esto quería decir mucho, porque de todos eran los más difíciles de contentar. No cabía duda que el ruiseñor había tenido un éxito absoluto.

Tuvo que residir en la Corte y tener su propia jaula, con licencia para salir de paseo dos veces de día y una vez de noche. Le fueron asignados doce criados, cada uno de los cuales agarraba firmemente una cinta de seda atada a su pata. El paseo no resultaba nada divertido.

La ciudad entera hablaba del pájaro extraordinario y en cuanto dos se encontraban, uno no decía más que: «¡Ruy!» y el otro contestaba: «¡Señor!» y suspiraban y se entendían entre sí. E incluso once hijos de tenderos de comestibles fueron bautizados con su nombre, pero ninguno de ellos mostró aptitudes musicales.

Un día llegó un gran paquete para el Emperador, con el letrero: Ruiseñor.

—Aquí tenemos un nuevo libro sobre nuestro famoso pájaro —dijo el Emperador. Pero no era ningún libro, era una caja con un pequeño autómata: un ruiseñor artificial que se parecía al vivo, pero estaba todo recubierto de diamantes, rubíes y zafiros. En cuanto se le daba cuerda cantaba la misma pieza que el verdadero, subía y bajaba la cola y centelleaba de plata y oro. Del cuello le colgaba una cintita con el letrero: «El ruiseñor del Emperador del Japón es pobre en comparación con el del Emperador de la China.»

—¡Es divino! —dijeron todos y el que había traído el pájaro artificial recibió al instante el título de Super Proveedor de Ruiseñores Imperiales.

—Ahora deben cantar juntos. ¿Qué tal si formasen un dúo?

Y así es que tuvieron que cantar juntos, pero la cosa no tuvo éxito, porque el ruiseñor auténtico cantaba a su manera y el pájaro de artificio tenía rollos.

—¡No es culpa suya! —dijo el Maestro de música—. Lleva el compás magistralmente y sigue en todo mis métodos.

Así es que el pájaro artificial tuvo que cantar solo. De esta forma obtuvo tanto éxito como el auténtico y además era mucho más atractivo a la vista: brillaba como una pulsera o un alfiler de corbata.

Treinta y tres veces cantó la misma pieza y no parecía estar nada cansado. El público hubiera deseado oírlo de nuevo, pero el Emperador pensó que también debía cantar entonces un poco el ruiseñor vivo. ¿Pero dónde estaba? Nadie se había dado cuenta que había volado por la ventana abierta e ido a su verde bosque.

—¡Qué cosa más extraña! —dijo el Emperador; y todos los cortesanos lo censuraron y tuvieron al ruiseñor por un animal sobremanera ingrato.

—¡Pero tenemos el pájaro mejor! —dijeron, e hicieron que el pájaro artificial cantase por trigésima cuarta vez la misma pieza, pero ni aun así se la consiguieron aprender, porque era muy difícil. Y el Maestro de música lo alabó extraordinariamente. Pues claro que no había duda que era mejor que el ruiseñor auténtico, no sólo en lo que se refería a su apariencia externa y a los muchos y espléndidos diamantes, sino también en lo interno.

—Porque consideren Sus Señorías, y ante

todo, Vuestra Majestad Imperial, en el caso del ruiseñor auténtico no se puede nunca predecir lo que va a suceder, pero en el pájaro artificial todo está dispuesto de antemano, de forma que eso y no otra cosa es lo que ocurre. Puede uno darse cuenta de cómo funciona, se puede abrir y observar el ingenio con que están dispuestos los cilindros y cómo se sucede uno a otro.

—Ésa es exactamente nuestra opinión —dijeron todos. Y el Maestro de música obtuvo permiso para mostrar el pájaro al pueblo el próximo domingo. Podían también oírlo cantar, dijo el Emperador. Y lo oyeron, y quedaron tan satisfechos como si se hubieran puesto alegres de tanto beber té, lo que es muy propio de los chinos. Y todos exclamaron: —¡Oh! —y levantaban el dedo, aquel con el que se rebañan las cacerolas, y asentían con la cabeza. Pero los pobres pescadores, que habían oído al ruiseñor de verdad, dijeron:

—Suena bastante bien y se parece bastante, pero le falta algo, ¡no sé qué!

El ruiseñor auténtico fue desterrado del país y del reino.

El pájaro artificial estaba sobre un cojín de seda junto a la cama del Emperador. Todos los regalos que le habían hecho, oro y piedras preciosas, se encontraban en torno suyo y había sido ascendido a «Cantante de la mesa de noche de Su Majestad Imperial», en categoría de número uno por el lado izquierdo, porque el Emperador consideraba este lado como el más distinguido, por ser donde se encuentra el corazón y hasta los emperadores tienen el corazón a la izquierda.

Y el Maestro de música escribió veinticinco volúmenes sobre el pájaro automático. Eran muy eruditos y muy largos y contenían las palabras chinas más difíciles. Todos afirmaban haberlos leído y entendido, porque no les creyeran tontos y les golpeasen en la barriga.

Así pasó un año entero: el Emperador, la Corte y todos los otros chinos se sabían de memoria el menor glu-glú de la canción del pájaro artifical, pero precisamente por esto lo apreciaban más. La podían cantar ellos mismos y esto es lo que en efecto hacían. Los chinos de la calle cantaban: «¡Zi-zi-zi, glu-glu-glu!», y el Emperador también. ¡Era una verdadera delicia!

Pero una noche en que el pájaro de artificio cantaba a más y mejor y el Emperador estaba acostado oyéndolo, hizo ¡clac!, giraron las ruedecillas y se paró la música.

El Emperador se levantó inmediatamente, y

llamó a su médico de cabecera, ¿pero qué podía él hacer? Así es que llamaron al relojero y después de mucho hablar y de mucho mirar aquí y allá, lo arregló a medias, pero dijo que más valía no tocarlo mucho, porque tenía muy gastados los pivotes y no era posible renovarlos de forma que correspondiesen a la música. ¡Una verdadera desgracia! Sólo una vez al año podía permitirse que el pájaro artificial cantase, y aun esto se consideraba como un exceso. Pero el Maestro de música pronunció una conferencia con palabras difíciles, diciendo que sonaba tan bien como antes y, por lo tanto, no hubo más que decir.

Pasaron cinco años y todo el país sufría grandemente por su Emperador: estaba enfermo y decían que no podía vivir. Un nuevo Emperador había sido designado y la gente en la calle preguntaba al camarero mayor cómo estaba su Emperador.

—¡P! —contestaba, y movía la cabeza negativamente.

Frío y pálido yacía el Emperador en su espléndido gran lecho. Toda la Corte le creía muerto y todos se habían apresurado a presentar sus respetos al nuevo Emperador. Los lacayos habían corrido a chismorrear sobre ello y las camareras de palacio se habían reunido para tomar café.

En todos los salones y pasillos habían tendido alfombras para que no se oyesen los pasos y por lo tanto todo estaba en absoluto silencio.

Pero el Emperador no había muerto todavía. Yerto y pálido yacía en el magnífico lecho con largas cortinas de terciopelo y pesadas borlas de oro. En lo alto había una ventana abierta y la luna iluminaba al Emperador y al ruiseñor artificial.

El pobre Emperador casi no podía respirar, como si alguien estuviera sentado en su pecho. Abrió los ojos y vio que era la Muerte la que estaba sentada. Llevaba puesta su corona de oro y en una mano tenía la espada de oro del Emperador y en la otra su espléndido estandarte. Y en torno, de los pliegues de las grandes cortinas de terciopelo del lecho, asomaban fantásticas cabezas, unas horribles, otras de aspecto amable: eran todas las acciones, malas y buenas, del Emperador, que le contemplaban, ahora que la Muerte se sentaba sobre su corazón.

—¿Te acuerdas? —susurraba uno tras otro—. ¿Te acuerdas? —y le decían tantas cosas que el sudor brotaba de su frente.

—¡Jamás lo supe! —dijo el Emperador—. ¡Música, música, el gran tambor chino! —gritó—. ¡Para que no pueda oír lo que dicen!

Y ellos continuaban y la Muerte movía la cabeza afirmativamente, como hace un chino, a lo que decían.

—¡Música, música! —chilló el Emperador—. ¡Tú, bendito pajarillo de oro, canta, canta! Te he dado oro y riquezas, yo mismo te he colgado al cuello mi babucha de oro. ¡Canta, anda, canta!

Pero el pájaro permanecía callado. No había nadie que le diese cuerda y sin eso no podía cantar. Pero la Muerte continuaba mirando al Emperador con sus grandes cuencas vacías y todo estaba en silencio, espantosamente en silencio.

Entonces se oyó, junto a la ventana, el canto más delicioso: era el pequeño ruiseñor vivo que estaba fuera en las ramas. Le habían llegado noticias de la desgracia del Emperador y había venido a traerle consuelo y esperanza. Y a medida que cantaba los espectros comenzaron a palidecer más y más, la sangre corrió con mayor ímpetu por los débiles miembros del Emperador y la propia Muerte escuchó y dijo:

—¡Sigue, pequeño ruiseñor, sigue!

—¡Sí, si me das la espléndida espada de oro! ¡Sí, si me das el rico estandarte! ¡Si me das la corona imperial!

Y la Muerte trocó cada joya por una canción y el ruiseñor continuó cantando y cantó del silencioso cementerio donde florecen las rosas blancas, donde el saúco exhala su fragancia y donde las lágrimas de los que quedan humedecen la fresca hierba; lo que le hizo a la Muerte añorar su jardín. Y salió por la ventana, flotante como una fría y blanca neblina.

—¡Gracias, gracias! —dijo el Emperador—. ¡Tú, divino pajarillo, bien sé quién eres! Te he desterrado de mi tierra y mi reino y, sin embargo, con tu canto has expulsado de mi cama a los malos pecados y arrojado a la Muerte de mi corazón. ¿Cómo te lo podré pagar?

—¡Ya lo has hecho! —dijo el ruiseñor—. Me diste tus lágrimas la primera vez que canté. No lo olvidaré nunca. Son las joyas que llenan de gozo el corazón de un cantante. Pero ahora duerme y ponte sano y fuerte. Yo te cantaré.

Y el ruiseñor cantó, y el Emperador cayó en un dulce sueño, suave y reparador.

El sol brillaba por las ventanas cuando despertó fuerte y sano. Ninguno de sus criados había acudido aún, porque creían que había muerto, pero el ruiseñor seguía cantando fuera.

—Debes quedarte conmigo para siempre —dijo el Emperador—. Cantarás sólo cuando tú quieras y al pájaro artificial lo haré mil pedazos.

—¡No hagas eso! —dijo el ruiseñor—; él ha cantado lo mejor que ha podido. Trátalo como siempre. Yo no puedo vivir en palacio, pero déjame que venga cuando guste y que al anochecer me pose en la rama próxima a la ventana y te cante, para alegrarte y hacerte pensar a la vez. Cantaré de los que son felices y de los que sufren. Cantaré del mal y del bien que se ocultan en torno tuyo. El pequeño pájaro vuela muy distante hasta el pobre pescador, hasta el techo del labrador, hasta todos aquellos que se encuentran lejos de ti y de tu Corte. Amo tu corazón más que tu corona y, sin embargo, la corona posee la fragancia de algo sagrado. Vendré y cantaré para ti, pero has de prometerme una cosa.

—Cuanto me pidas —dijo el Emperador, de pie—. Vestía la túnica imperial, que él mismo se había puesto y apretaba contra su corazón la espada de oro macizo.

—Sólo te pido que no le digas a nadie que tienes un pajarillo que te lo dice todo. Así será mejor.

Y entonces el ruiseñor se marchó volando.

Los criados vinieron para ver a su Emperador muerto, pero les recibió de pie y les dijo:

—¡Buenos días!

(Nattergalen)

La niña de los fósforos

Hacía un frío espantoso; nevaba y comenzaba a oscurecer; era la última noche del año, la Noche Vieja. Con aquel frío y en aquella oscuridad iba por la calle una pobre muchachita con la cabeza descubierta y los pies descalzos; sí, es verdad que llevaba zapatillas al salir de casa, pero ¿para qué le habían servido? Eran unas zapatillas muy grandes, su madre las había usado últimamente, de tan grandes como eran, y la pequeña las había perdido al cruzar corriendo la calle cuando pasaban dos coches a velocidad vertiginosa; una, no la pudo encontrar y con la otra salió corriendo un chico que dijo que la podía usar como cuna de sus futuros niños.

Iba por lo tanto la niña con sus piececitos descalzos, rojos y azules de frío. En un viejo delantal llevaba un montón de fósforos y un manojo de ellos en la mano; nadie le había comprado en todo el día; nadie le había dado ni un solo céntimo. Hambrienta y aterida iba, y parecía muy triste, la pobre. Los copos de nieve caían en su largo pelo dorado, que se ensortijaba formando encantadores bucles sobre la nuca, pero a buen seguro que ella no pensaba en su apariencia. Había luces en todas las ventanas y hasta la calle llegaba el delicioso olor del ganso asado; claro, como que era Noche Vieja, se decía ella.

Allá en un hueco entre dos casas, de las que una se inclinaba más a la calle que la otra, se sentó y acurrucó, doblando las piernas, pero sintió aún más frío y no se atrevía a volver a casa, porque no había vendido ningún fósforo ni conseguido un solo céntimo, su padre le pegaría y su casa estaba también fría, sólo tenían techo sobre ellos y por él silbaba el viento, aunque habían rellenado con paja y trapos las mayores grietas. Sus manitas estaban casi muertas de frío. ¡Ay!, un fosforito podía hacerle bien. Con sólo que se atreviese a arrancar uno del manojo, frotarlo contra la pared y calentarse los dedos. Arrancó uno, ¡risch!, ¡qué chisporroteo, qué calor! Era una llama caliente y límpida, como una velita, cuando la sostuvo en su mano; era una luz extraña; la muchachita se imaginó que estaba sentada

ante una gran estufa de hierro con resplande-
cientes bolas y cilindros de latón; el fuego ardía
que era una bendición, calentaba tan bien; no,
¿pero qué era aquello? La pequeña estiraba ya
los pies para calentarlos también... cuando se
apagó la llama. La estufa se esfumó, estaba sentada con un trocito del fósforo sin arder en la
mano.

Frotó uno nuevo, brotó la llama y donde la
luz daba en el muro se hizo transparente, como
una gasa; vio directamente la sala en la que la
mesa estaba puesta con un resplandeciente man-
tel blanco y fina porcelana y el ganso asado, re-
lleno de ciruelas y manzanas, humeaba apetito-
samente; y lo que era más espléndido, el ganso
daba un salto de la fuente, corría cojeando por el
suelo con tenedor y cuchillo al lomo; venía en di-
rección a la muchacha pobre; entonces se apagó
el fósforo y no quedó para ver más que un muro
grueso y frío.

Encendió otro más. Entonces se encontró
sentada bajo el árbol de Navidad más delicioso;
era aún mayor y más adornado que el que había
visto a través de la puerta de cristales en casa
del rico comerciante la Navidad pasada; mil velas ardían en las ramas verdes y estampas mul-
ticolores, como las que adornan los escaparates,

la contemplaban. La pequeña extendió sus brazos, entonces se apagó el fósforo; las innúmeras luces de Navidad se elevaron cada vez más y vio que eran ahora las claras estrellas. Una de ellas cayó, dibujando en el cielo una larga estela de fuego.

—Alguien se está muriendo —dijo la pequeña, porque su abuela, la única persona que había sido buena con ella, pero que había muerto, le decía:

—Cuando una estrella cae, sube un alma a Dios.

Frotó de nuevo un fósforo contra el muro, todo se llenó de luz y en el resplandor apareció la abuela, tan llena de luz, dulce y bendita.

—¡Abuela! —gritó la pequeña—, ¡oh, llévame contigo! Sé que te habrás ido cuando el fósforo se apague. ¡Ido, como la estufa caliente, el apetitoso ganso asado y el espléndido árbol de Navidad!

Y restregó precipitadamente el resto de los fósforos que había en el manojo, de tal forma no quería perder a la abuela; y los fósforos lucieron tanto que había más luz que en pleno día. La abuela no había sido nunca tan hermosa ni tan alta; levantó a la muchachita en sus brazos y volaron en resplandor y gozo, más y más alto, adonde no había frío, ni hambre ni miedo —estaban con Dios.

Pero en la fría madrugada, sentada en el rincón junto a la casa, estaba la muchachita con rojas mejillas, con la sonrisa en los labios —congelada la última noche del viejo año. La mañana de Año Nuevo se abrió sobre el pequeño cuerpo sentado con los fósforos, de los que un haz estaba casi consumido. Ha querido calentarse, dijeron; nadie supo todo el esplendor que había visto, con qué gloria había entrado con la abuela en el gozo del Año Nuevo.

(Den lille pige med svovlstikkerne)

Índice

La princesa y el guisante 5
El traje nuevo del emperador 9
El porquerizo 17
Los zapatos rojos 27
El ruiseñor 39
La niña de los fósforos 57

Los cuentos de Hans Christian Andersen recogidos en este volumen forman parte de la recopilación publicada en la colección «El Libro de Bolsillo» de Alianza Editorial bajo el título *La sombra y otros cuentos* con el número 482.

Últimos títulos de la colección:

9. FRANCISCO AYALA: *El Hechizado. San Juan de Dios*

10. JULIO CORTÁZAR: *El perseguidor*

11. OSCAR WILDE: *El fantasma de Canterville*

12. CHARLES DARWIN: *Autobiografía*

13. PÍO BAROJA: *La dama de Urtubi*

14. GABRIEL GARCÍA MÁRQUEZ: *El coronel no tiene quien le escriba*

15. JOSEPH CONRAD: *Una avanzada del progreso*

16. ANNE DE KERVASDOUÉ: *El cuerpo femenino*

17. FEDERICO GARCÍA LORCA: *Yerma*

18. JUAN RULFO: *Relatos*

19. EDGAR A. POE: *Los crímenes de la calle Morgue*

20. JULIO CARO BAROJA: *El Señor Inquisidor*

21. CAMILO JOSÉ CELA: *Café de Artistas*

22. PABLO NERUDA: *Veinte poemas de amor y una canción desesperada*

23. STENDHAL: *Ernestina o el nacimiento del amor*

24. FERNAND BRAUDEL: *Bebidas y excitantes*

25. MIGUEL DE CERVANTES: *Rinconete y Cortadillo*

26. CARLOS FUENTES: *Aura*

27. JAMES JOYCE: *Los muertos*

28. FERNANDO GARCÍA DE CORTÁZAR: *Historia de España*

29. RAMÓN DEL VALLE-INCLÁN: *Sonata de primavera*

30. OCTAVIO PAZ: *Arenas movedizas. La hija de Rappaccini*

31. GUY DE MAUPASSANT: *El Horla*

32. GERALD DURRELL: *Animales en general*

33. MERCÈ RODOREDA: *Mi Cristina. El mar*

34. ADOLFO BIOY CASARES: *Máscaras venecianas. La sierva ajena*

35. CORNELL WOOLRICH: *La marea roja*

36. AMIN MAALOUF: *La invasión*

37. JUAN GARCÍA HORTELANO: *Riánsares y el fascista. La capital del mundo*

38. ALFREDO BRYCE ECHENIQUE: *Muerte de Sevilla en Madrid*

39. HANS CHRISTIAN ANDERSEN: *Cuentos*

40. ANTONIO ESCOHOTADO: *Las drogas*